RENATO PALMEIRA

MEMÓRIAS DE CLARA E OUTROS CONTOS

Renato Palmeira

Impresso pela AMAZON - Direct Publishing
Selo editorial: Independently published
Contos de: Ficção – Drama – Romance
Palmeira, Renato - Memórias de Clara e outros contos.

Renatopalmeira.comunidades.net
Blogdorenatopalmeira.wordpress.com
Facebook.com/renatopalmeiraLIVROS

Catalogação na Publicação (CIP)
Ficha Catalográfica realizada pelo autor

P172m   Palmeira, Renato César
         Memórias de Clara e outros contos/ Renato Cesar
Palmeira, São Paulo: 2ª Edição do autor, 2019, 125p

ISBN: 9786590107602

         1.Conto. I. Título, 2. Romance; ficção e contos
brasileiros

CDD: B869.3

ISBN: 978-65-901076-0-2
B869.3 Romance; ficção e contos
brasileiros

Para Paulo e Simone

"Se você está sofrendo pela injustiça de um homem mau,
perdoe-o, a fim de que não haja dois homens maus. "

- AGOSTINHO DE HIPONA

Sumário

A MENINA

A menina estava na rua, deitada aos pés da calçada olhando a lua, era criança era inocente, e encontrava-se sozinha:

- Menina vai pra casa! Já é tarde!

- Olha mamãe aquela menina deitada na rua, o que há com ela?

- Não sei minha filha, vamos embora!

- Menina, onde estão seus pais?

Muitos passavam e olhavam e a menina continuava deitada na calçada, pai ela não tinha, irmão havia saído para estudar e sua mãe estava doente, estava internada e não era a primeira vez. A menina estava sozinha, não tinha ninguém.

Sua casa era muito velha e não havia muitas coisas, havia sim muita miséria e muita solidão, a televisão quando ligava já logo tinha que desligar não funcionava direito, rádio não havia, livros também não, na verdade nem havia luz, o pouco que existia vinha de uma lâmpada só que ficava localizada na sala da casa.

A menina continuava deitada na calçada, recebendo a luz do luar e a companhia das estrelas. Mais um dia se passava mais um dia terminava e a rua lhe ensinava a tristeza deste século. Seus olhos eram verdes, verdes como o mar, seus cabelos eram caracóis, castanhos e dourados, numa mistura única.

O vento balançava seus cabelos enquanto ela pensava em seu futuro, será que havia um futuro para ela? Será que alguma coisa a vida lhe reservava? Qual o significado de sua vida? Ela pensava sozinha e imaginava que se casava e que tinha um lar, com filho e marido, talvez um carro e um bom emprego. Uma vida normal, sem muita dor, uma vida como era para ser a vida. Uma lágrima escorregou em seu rosto e a fez voltar a sua realidade.

A menina não era conhecida, a menina era apenas uma garota, apenas uma criança, apenas um ser humano pequeno e indefeso. Era realmente apenas uma vida. Uma vida vazia assim como sua casa, uma vida sem luz, como a sua casa, uma vida sem esperanças, como era a sua casa. Talvez ela e sua casa fossem a mesma coisa.

A menina chorou, a menina brincou, a menina foi criança... A menina cuidou de sua mãe... Cuidou de sua casa... Cuidou de sua vida. A menina equilibrou sua vida com suas responsabilidades de adulto, a menina estudou... Frequentou uma igreja... A menina cresceu.

Ela cresceu. Seus olhos agora eram mais verdes, seus cabelos mais longos, sua pele mais madura, seu corpo era de mulher. Aprendeu a amar, aprendeu as coisas boas e as ruins deste mundo.

- O noivo pode beijar a noiva!

Ele deu um beijo em sua boca, depois beijou a sua testa. Deu-lhe um sobrenome e uma aliança de ouro. Seus olhos verdes fundiram-se em seus olhos castanhos. Eles olhavam atentamente um para o outro agora enquanto ouviam as palavras do pastor.

Um herdeiro cheio de vida e alegria inundou a vida daquela menina, ele tão jovem e tão feliz lhe ensinou o valor do amor. Aquele menino crescia...

A menina agora tinha uma casa, a televisão tão desejada, livros, muita luz muita esperança... A casa não era mais vazia, agora ela tinha um futuro, ela tinha um marido, ela tinha um filho.

Aquela menina agora sorriu...

DISCIPLINA

lara... Posso falar com você?

- Sim!

- Sua mãe entrou em crise novamente e está internada.

Ela gelou... Um frio percorreu sua espinha, ela amava demais sua mãe. Clara era uma garota doce e triste, seu pai havia deixado a família para trás e ido embora para o Rio de Janeiro. Agora vivia ela sua mãe e seu irmão. Ela era apenas uma criança que estudava numa escola qualquer numa cidade qualquer, numa vila qualquer no interior de São Paulo.

- Posso visitá-la?

- Nos horários de visitas sim!

Ela não pensava em mais nada, só pensava em sua mãe, aquela criança não brincava, não comia, não estudava, inclusive estava indo muito mal nos estudos. Sua mãe sofria de Transtorno bipolar afetivo, entrava sempre em crise, todos os anos. A criança era quem cuidava da mãe, e não o inverso. A criança era adulta e responsável amável.

- Venha Clara, vamos visitar sua mãe! – Disse sua tia.

Ela esperava ansiosamente o dia em que poderia ir ver sua mãe, estava com muitas saudades. Ela não estava tão chorosa e havia uma pessoa adulta com ela agora que lhe segurava a mão, podia sentir um ato de carinho quando sua tia segurou a mão para atravessar a rua. Como é bom ser cuidada, ser criança algumas vezes. Ela podia sentir a pulsação ao apertar a mão de sua tia.

- Anda menina, parece uma tartaruga! Você é muito devagar! A vida é dura Clara, seja mais esperta!

- Você pode segurar minha mão novamente?

- Você precisa da mão para andar?

- Não... Só queria...

- Só queria o que menina?

- Nada!

- Você fala demais!

Elas entraram no hospital psiquiátrico, sua tia ficou falando com o médico. Elas não poderiam ver a Mãe de Clara, a criança se entristeceu imediatamente. Ela foi andando e observando tudo a sua volta, observou a rotina do hospital, as flores de plástico, os sapatos de couro, os rostos, os jalecos, as paredes brancas, o frio, a dor, o choro, as nuvens. Ouviu o som dos pássaros e o barulho dos carros.

Num dos quartos andava de um lado para o outro uma mulher, com pouca lucidez, e com muita palidez, seu nome era Regina.

- Onde estão meus filhos... Quero vê-los... Tenho muita saudade, Meus queridos filhos... Onde está você Felipe? Onde está você Clara? Quero sair daqui... Preciso sarar... Preciso ir para casa...

Era conhecida por Dona Regina, mulher que amava um homem, mas casara-se com alguém que não amava. Mulher sofrida por um amor não retribuído. Ela trabalhava muito e pouco tempo tinha com seus filhos, apesar de sua lucidez a ter deixado, ela ainda lutava por sua felicidade, buscava manter sua família unida. Todavia não era isso que o destino lhe reservava.

- Mãe!

Dona Regina olhou rapidamente para a porta, mas encontrava-se trancada.

- Aqui mãe!

Então ela olhou para uma pequena fresta que havia na porta e os dedinhos de sua filha esticavam-se ao máximo para dentro do quarto tentando tocá-la.

- Clara, minha filha que saudades...

- Mãe, a senhora precisa ficar boa para irmos embora para casa.

- Eu vou ficar boa Clara, eu prometo, eu vou ficar boa.

Dona Regina tocou os dedos pequenos de sua filha e pode sentir o medo daquela criança, então ela não resistiu e chorou:

- Mamãe ama muito você e seu irmão!

- Eu sei mamãe, eu sei...

Os meses passaram, o ano acabava e Clara havia reprovado na escola e teria que estudar novamente aquela série, mas ela não se importava, chegava o natal e sua mãe teve alta médica, isso era o que realmente importava, que alegria. A Clara era a criança mais feliz do mundo naquele momento.

- Vou ver minha mãe... Vou ver minha mãe! Que saudades! Que alegria!

Sua mãe entrou séria em sua casa, mas não pode deixar de abraçar seus filhos e chorar de tanta alegria, quanta saudade... "Meus queridos filhos". Dona Regina começou a pensar sou mãe e preciso educar meus filhos. Mas dói tanto educar... Mas não posso deixar as coisas como estão. Meus filhos... Meus queridos filhos... Pode ter certeza de uma coisa isso vai doer mais em mim do que em você Clara.

- Clara... Você reprovou este ano?

- Sim mamãe, mas é que...

Sua mãe com o choro entalado na garganta passou a bater em sua filha com uma borracha, a criança chorava e não entendia porque apanhava... E sua mãe tentava não transparecer a moleza de seu coração e continuava a bater em sua filha.

- Isso é para você aprender a não reprovar mais de ano!

Clara chorou, olhou para a janela, sentou-se no sofá, olhou as marcas em sua pele, pegou no sono e dormiu o sono dos anjos.

A BARATA

— Tem uma barata no forro do quarto!

- Mãe, eu já te disse que não é barata! É apenas mancha no forro, nada mais.

- É barata sim, e ela fica olhando para mim.

- Para com isso mãe, é apenas uma manchinha no forro!

- Renan tem uma barata no forro de meu quarto! Ela fica olhando para mim todo dia! Ela está lá agora, vem ver!

- Eu estou vendo, Dona Regina, é apenas uma mancha marrom no forro, nada mais.

- É barata sim...

Dona Regina era uma senhora que não estava bem das vistas, tomava alguns medicamentos psiquiátricos e ainda não gostava de baratas, ela as achava muito asquerosas. Ela acreditava fielmente que havia uma barata no forro de seu quarto. Toda vez que ela se deitava via aquela mancha com aparência de barata e pensava "quando vão matar essa barata?"

- Renan, eu não sei o que vamos fazer. Não aguento mais minha mãe falando dessa barata.

- Vamos pensar em alguma coisa!

- Pode ser que seus remédios não estejam mais fazendo efeito.

- Pode ser! Ou talvez os próprios remédios sejam a causa de efeitos colaterais.

- Não sei! Mas precisamos fazer alguma coisa!

- Sim! Deve haver alguma coisa que possamos fazer!

A Clara voltou ao trabalho, enquanto sua mãe sentou-se à mesa para almoçar. Uma ideia veio à mente de Renan que percebeu uma oportunidade única em resolver o problema da "barata". Enquanto sua sogra almoçava, ele pegou um corretivo escolar líquido, tirou os sapatos, ficou em pé sobre a cama e pintou a mancha marrom de branco, esperou secar e passou mais uma vez. Pronto, não havia mais barata no forro. Problema resolvido.

Dona Regina terminou de almoçar e foi para o quarto tirar uma sesta, ela se deitou e fitou os olhos por alguns minutos para a mancha, agora branca, no forro de seu quarto e logo adormeceu. Renan pensou: "problema resolvido! Ela não disse mais nada, ótimo!".

Ao entardecer, quando a Clara chegou, sua mãe logo correu ao seu encontro.

- Clara... Clara... Você não vai acreditar no que tenho a lhe dizer.

- O que foi mãe?

- Sabe a barata?

- De novo não mãe! Por favor!

- Calma Clara, agora é coisa séria que tenho para te contar!

- O que é então?

- A barata agora usa um vestido branco!

O ADEUS

Seu nome era João, era porteiro no Rio de Janeiro, nas horas de folga aproveitava o mar e as mulheres, passava horas a fazer nada, apenas olhando o mar aproveitando a brisa e o sol de verão. Alguns diziam que era malandro, mas ele dizia que era esperto.

João gostava de Maria, mas casou-se com Regina que por sua vez amava Laerte que amava Solange, mas que se casou com Rute que amava João que não era o mesmo que gostava de Maria.

João teve um casal de filhos, na mesma época, a irmã de sua esposa teve três filhos, uma menina e dois meninos, um dos meninos era doente, o outro menino era muito esperto, ensinou-lhe a malandragem, mas disse nunca usar contra seus filhos, principalmente em desfavor de sua menina.

João não amava ninguém, apenas "gostava" de Maria, mas agora era preso por uma união que ele não mais desejava. João gostou de sua filha, talvez a tenha amado, mas isso ele nunca vai saber, ele não sabia exatamente o que era o amor, ele não era capaz de entendê-lo.

A família saiu do Rio de Janeiro e se mudaram para o interior de São Paulo, para João não havia mais praia, não havia mais mulheres, não havia mais festas e ele considerava todos da cidade como matutos.

- Não aguento mais essa cidade! Vamos voltar para o Rio de Janeiro!

- Para aquele lugar eu não volto mais!

- Eu nasci para ser livre!

- Vai procurar um emprego, vai ter responsabilidade com seus filhos, eles precisam de comida, de leite e de roupas.

A menina tinha 03 anos e era a caçula, estava sempre com os pés descalços e com a roupa já furada, não tinha brinquedos... Apenas uma boneca que ela nunca largava. Ela ainda não sabia o que o destino lhe assegurava, ela era muito inocente.

Garota bonita, de olhos verdes, mas logo teria a cabeça madura. Falava algumas palavras, mas muitas delas incompreensíveis, seus olhos brilhavam quando olhava para o pai. Não sabia direito quem era aquele homem, e porque brigava tanto com sua mãe.

- Você quer vir embora com o pai garotinha? – Sussurrou baixinho para a filha, sem que sua esposa percebesse.

- Não! Quero ficar aqui!

O homem então sorriu, passou a mão na cabeça da criança e deixou algum dinheiro com a menina e disse:

- Se cuida menina! Adeus! – Virou-se e partiu.

A menina olhou o homem partir, sem saber que não o veria mais... Ela foi até o portão e observou aquele homem, até ele ficar pequenino em sua visão. O sol estava se pondo e a luz impedia a criança de continuar olhando o homem sumir no horizonte. Sua mãe a chamou, mas ela não ouviu, ela ficou parada, segurando a boneca com uma das mãos e a outra segurando a grade do portão, olhando o fim da rua, o fim da tarde, o fim do homem, o fim do sol, o fim do dia e o começo de sua existência.

A JORNADA

Eram duas mulheres, uma com seus 70 anos e a outra com menos de 40, andavam numa rua íngreme, a mais jovem era a filha e guiava sua mãe, segurando-a pelo braço desviando dos buracos na calçada.

Mas não havia sido tão fácil chegar até aquela rua, muitos obstáculos elas já haviam percorrido, e a caminhada ainda era longa, elas precisavam chegar ao terceiro andar do prédio da previdência. Uma carta chegara dias atrás informando que a mãe comparecesse ao prédio com a máxima urgência, sob pena de suspensão do pagamento daquela senhora.

Ela andava com muita dificuldade, além da idade já avançada, ela tinha muita dor nas pernas, sua diabetes estava alta e causava-lhe um embaçamento nos olhos, além do mais devido a problemas psiquiátricos aquela senhora tomava remédios muito fortes que a deixavam com muita vertigem e lhe fraquejavam as pernas.

A mais jovem também não estava bem, estava com a pressão alta, dor de cabeça e muita tontura, estava também preocupada com o horário, pois precisava chegar a tempo de pegar seu filho na escola.

- Força mãe, a senhora consegue!

- Não dá! Não aguento de dor nas pernas! E estou muito cansada... A subida é muito longa e a calçada muito esburacada!

- A senhora consegue! Precisamos chegar logo!

Faltou força nas pernas daquela senhora e a vertigem lhe acometeu fortemente, não resistiu e caiu, sua filha no ímpeto de ajudá-la não teve forças e também cedeu. O joelho daquela senhora já estava machucado, e agora machucara ainda mais. A mulher ficou novamente de pé e tentava ajudar sua mãe a levantar-se do chão, as pessoas passavam e olhavam admiradas... E mais admiradas, até que um homem apiedou-se da situação e estendeu sua mão para ajudar. Com o esforço dos três, aquela senhora se colocou de pé novamente.

- Muito obrigada!

-De nada! Tenham um bom dia!

- Um bom dia para o senhor também!

A caminhada continuava, até que chegaram à portaria.

- Em que posso ajudar?

- Precisamos chegar até este departamento! – A mulher abriu sua bolsa e tirou de dentro a carta que recebera e mostrou ao homem.

- Terceiro andar!

- Sim obrigada!

- Mas o elevador está quebrado!

- E o que faremos?

- Terão de subir as escadas!

- Não podemos, ela já é de idade e fraca das pernas.

- Vou ligar neste departamento e verificar se eles podem descer para verificarem a situação de vocês! Só um momento.

O homem telefonou e recebeu a informação negativa.

- Terão de subir mesmo, eles não podem descer para cada caso de pessoa com problemas em subir as escadas. São muitas pessoas que chegam aqui todos os dias, já pensou se eles tivessem que descer toda a vez?

- Entendo, obrigada mesmo assim!

Ambas subiram as escadas, talvez tivesse um anjo que lhes seguravam, ou talvez a determinação das duas, ou até mesmo o desânimo das diversas situações que já haviam passado lhes havia confortado o espírito e feito se acostumarem a problemas assim.

- Tenho sede!

- Já estamos chegando! - Respondeu a filha.

Demoraram mas finalmente chegaram ao terceiro andar.

- Bom dia! Recebemos esta carta e viemos o mais depressa possível para resolvermos a situação pendente.

- Um segundo, chamarei o responsável.

Elas ficaram em pé no corredor, não havia bancos para se sentarem, mas logo apareceu uma mulher.

- Bom dia! Senhora Regina?

- Sim sou eu!

- Me empreste então seu RG.

- Aqui está!

- Ótimo, podem ir! Apenas precisava saber se a senhora ainda estava viva.

MENINOS TAMBÉM CHORAM

Dois meninos dormiam num mesmo quarto, era madrugada quando o mais velho, que tinha 08 anos escutou o som de várias pessoas sussurrando em sua casa, ele tentava compreender as palavras, mas não conseguia. Sua mãe entrou no quarto e com a luz apagada abriu as gavetas da cômoda e começou a pegar várias peças de roupa dos filhos, o menino fingia que dormia e percebera que sua mãe chorava, mas não sabia o que estava acontecendo.

- Filhos acordem! Vamos ter que ir para casa da avó. – Disse a mãe acendendo a luz.

- O que está acontecendo mãe?

- Depois explico.

O menino percebeu que havia algo estranho e ruim. Sua casa estava cheia de pessoas: Vizinhos e membros da igreja que frequentavam.

As duas crianças ficaram na casa da avó, a criança mais nova tinha 06 anos e deitou-se no sofá e adormeceu novamente, o menino mais velho sentou-se no chão próximo ao portão aberto e olhava as luzes de natal que enfeitavam as casas daquela rua, ele podia ouvir uma vez ou outra o som de algum carro que passava pela rodovia que margeava a casa da avó. O menino sentia uma dor muito forte no peito e um nó na garganta, e não sabia o motivo.

- Posso falar com você? – Disse o amigo de seu pai.

- Sim.

O homem sentou-se na calçada ao lado da criança.

- Você sabe o que está acontecendo?

-Não!

- Seu pai está desaparecido!

- Ele nos abandonou?

- Não! Ele estava nadando no rio e a correnteza o levou para as partes baixas, ele deve estar perdido agora nas matas.

- Ele já saiu do rio?

- Provavelmente, mas não dá para saber em que lugar ele pode ter conseguido sair... Tem várias equipes de resgate procurando ele no rio e nas matas...

- Ele deve estar com frio...

- Sim, é verdade.

- E com fome.

- É mesmo.

- Sede não porque tem o rio.

O homem sorriu.

- Não tinha pensado nisso...

- Você quer chorar?

- Não! Mas meu pai tem que voltar para o natal, vamos almoçar na casa de minha avó. Ele gosta de natal, e também ele nasceu no dia de natal. Então vai ser natal e aniversário dele. Você acha que encontram meu pai antes do natal?

- Espero que sim.

Passaram alguns dias e não tiveram notícias do pai daquela criança, sua mãe agora chorava todos os dias. Ela ligava todo momento para as autoridades para saber se havia alguma informação. Todos sempre choravam: Os avôs, os tios, a mãe, os amigos, a igreja...

-Você não sente vontade de chorar? - Perguntou a mãe.

- Não!

- Você não sente saudades de seu pai?

- Sim, mas já estou acostumado, ele ficava muitos dias viajando, certo?

- Mas se você quiser chorar, pode chorar...

- Está bem!

Aquela família não teve natal, não festejaram, não foram para lugar algum... Ficaram em casa. Algumas pessoas os visitaram e alguns até choravam.

- Alguma notícia dele?

- Nada ainda! É um lugar muito grande, seja no rio ou nas matas.

A criança pensava como seu pai estaria tantos dias sem comer, sem banho e perdido. Ele ficou com pena e quase chorou. Naquele momento a criança entendeu porque todos choravam... Estavam com pena. A criança pensou "podiam dar logo a notícia que encontraram meu pai", e de fato isso aconteceu.

No dia seguinte, pela manhã, estavam todos reunidos e muitas pessoas que estavam ali o menino ainda não conhecia, todos estavam bem trajados. A criança andava de mãos dadas com seu irmãozinho e era guiado pela avó e por um moço da igreja, o menino percorreu os olhos em busca da mãe, mas não a encontrou. As crianças param de andar, o mais velho olhou para as nuvens que começavam a devolver o sol daquela manhã depois olhou para a sombra que seus sapatos faziam no chão e pensou "Eu queria ao menos vê-lo para dizer-lhe: Adeus papai". O caixão desceu lacrado e a criança então "chorou" amargamente.

AMOR AO PRÓXIMO

Clara estava se preparando para dormir quando ouviu sua avó e sua mãe em discussão.

- Eu quero que vá embora de minha casa!

- Eu não tenho para onde ir! – Replicou a mãe de Clara.

- Eu não quero nem saber... A casa é minha o dinheiro que você me dá é pouco!

- Mas mãe... Tenho duas crianças...

A avó não falou mais nada e entrou no quarto.

- Vamos Clara... Precisamos ir!

- Mas para onde vamos?

- Não sei minha filha, não sei. Chame seu irmão.

A mãe pegou algumas roupas, bolachas, entre outras coisas e colocou em duas bolsas e três sacolas plásticas e antes de saírem ela pegou ainda um rádio de pilha.

A mulher andava sem rumo com as bolsas e sacolas na mão pela rua e pensava "ainda vou ter a minha casa no final desta avenida". Era domingo e no dia seguinte ela ainda precisava trabalhar e levar as crianças à escola. As crianças estavam cansadas.

- Mãe eu quero dormir!

- Nós já vamos minha filha!

Eles foram até um viaduto e a mãe procurou um lugar para repousar.

- Aqui não! – Disse um andarilho.

- Eu só quero um lugar para repousar meus filhos!

- Aqui é o meu canto! Vão embora!

A mulher saiu triste do lugar e pensando onde iriam dormir.

- Estou com frio! – Disse o menino.

A mãe parou e colocou blusas nas duas crianças, e como ventava muito ela colocou uma blusa extra na menina, que tremia muito, sendo esta blusa da mãe, que ficou sem nenhuma.

No próximo viaduto havia um homem muito bêbado dormindo, a mãe colocou as duas crianças deitadas no chão, forrado por alguns jornais que encontrara na rua e as cobriu com lençóis, pegou as sacolas com roupa e fez um travesseiro para cada criança.

As crianças demoraram um pouco para dormir, mas depois de um pouco de choro conseguiram. A mãe ficou mais tempo acordada, olhando os filhos dormirem, começava a serenar e ela teve pena das crianças e começou a chorar baixinho até que adormeceu.

A mulher sentiu o passar de uma mão em sua perna próximo de seu joelho, mas ela fingiu não perceber, mas o passar da mão não parava e ela levantou levemente a cabeça para olhar os filhos que dormiam e depois olhou para o homem que anteriormente estava dormindo sob o mesmo viaduto, ela pensou no preço que pagaria para que seus filhos tivessem uma noite de sono, mas não foi possível ceder.

- Pare com isso, por favor!

O bêbado não parou e tentava deitar sobre a mulher que o empurrou e num ato de desespero tentava acordar as crianças.

- Acordem... Acordem... Rápido!

As crianças acordaram assustadas, sem saberem o que estava acontecendo e viram um homem cambaleando com uma faca na mão indo em direção da mãe. Levantaram o mais rápido que podiam e ficaram ao lado da mãe que pegou o rádio e as sacolas (deixando algumas para trás) e juntos correram pela rua.

O homem estava bêbado demais para conseguir correr, mas tentava ir atrás dos três com a faca em punho. Alguns poucos carros passavam pela rua, mas ninguém parou para ajudar.

Agora eles estavam mais cansados e sem algumas das coisas que estavam trazendo, e continuavam sem rumo. Chegaram até uma praça e se sentaram no banco e então a mulher começou a chorar e as crianças vendo-a também prantearam.

A mãe até pensou em dormirem no banco da praça, mas serenava muito e as crianças ficariam doentes (naquele momento ela não pensava mais em si mesma), então ela tentou mais uma vez o último viaduto da região.

- Boa noite! Posso passar a noite aqui com vocês? – Disse a mãe a um casal de mendigos que comiam restos de uma marmita que haviam encontrado no lixo.

- Podem sim! –Disse o homem.

- Obrigada!

A mulher deitou novamente as crianças no chão, mas desta vez não tinha mais os lençóis para cobri-las.

- Você quer uma coberta para seus filhos?

- Eu agradeço muito!

O homem então levou um cobertor muito rasgado e sujo e entregou a mãe, depois disso deitou-se ao lado de sua companheira e se cobriram com outro cobertor em pior estado ainda.

A mãe cobriu seus filhos e se sentiu protegida pelos estranhos que acabara de conhecer, a noite estava acabando e ela ligou seu rádio baixinho e deitou-se ao lado das crianças.

Seu sono foi leve, turbulento e frio.

- "São seis horas, horário de Brasília!" – A mãe escutou no rádio.

Ela se levantou, acordou as crianças e as levou para escola.

Todos estavam muito cansados e principalmente a mãe. Ela foi para o trabalho e teve um dia exaustivo, mas ela conseguiu vencer o sono. As crianças ao saírem da escola (conforme orientações da mãe) foram à praça que ficava em frente à padaria em que a mãe trabalhava e brincaram a tarde toda. Ao entardecer a mãe veio junto de seus filhos e se iniciava novamente a angústia que se repetiria naquela noite.

Aquele episódio ocorreu algumas vezes, mas o que eles não sabiam é que logo a mãe conseguiria a sua casa própria no final da avenida que ela tanto desejava. As crianças cresceram, estudaram, se formaram, casaram e tiveram filhos, mas nunca se esqueceram daqueles momentos em que passaram nas ruas.

Clara agora andava de mãos dadas com seu filho pela rua, ela estava indo à padaria. Eles não haviam almoçado ainda e procuravam algo para comer.

- Mãe o que vamos comer? – Perguntou a criança.

- Talvez um salgado ou um lanche, que você quer?

- Quero Fanta!

- Mas você precisa comer alguma coisa!

Apareceram diante deles duas crianças muito sujas, maltrapilhas e magras.

- Tia, a senhora pode me comprar algo para comer? Para eu dividir com meu irmão!

A mulher não resistiu e imediatamente seus olhos ficaram úmidos.

- O que você quer comer?

- Qualquer coisa senhora!

Então aquela mulher pegou todo o dinheiro que tinha na carteira, foi ao restaurante que ficava ao lado e comprou comida e refrigerantes para as duas crianças, depois foi até o carro e as roupas que acabara de comprar para seu filho as deu também. Explicou onde morava e disse que sempre que quisessem poderiam ir a sua casa e ela lhes daria de comer.

As duas crianças, após agradecerem, rapidamente iniciaram o "almoço".

- Filho, hoje vai demorar um pouco para comermos. – Disse a mãe ao seu filho.

- Tudo bem!

A mãe e o filho foram para casa, com fome, mas sabiam que a fome era passageira, diferente daquelas duas crianças. A mãe agradeceu a Deus por sempre proteger seu filho e nunca ter permitido que seu filho passasse pelo que ela passou.

As duas crianças não conheciam a bondade até aquele dia e descobriram que "O amor ao próximo existe". Eles nunca foram a casa daquela mulher "desconhecida", mas nunca se esqueceram de sua bondade, havia sido o primeiro ato de ternura que eles conheceram, depois vieram outros...

APRENDIZAGEM

A garota levantou-se pela manhã, fez café, colocou o lixo para fora, preparou seus cadernos, acordou sua mãe Regina e lhe serviu o café... Foi para escola.

Chamava-se Clara, uma menina de 15 anos que cuidava de sua mãe, que estava doente, estudava e ainda conseguia trabalhar de cuidadora de crianças para poder se sustentar, a ela e a sua mãe. Ela cuidava de duas crianças na vizinhança.

Dona Regina, mãe de Clara, já havia dado "entrada" na aposentadoria por invalidez, porém ainda não havia sido deferido o seu pedido. Ela não sabia que ainda passaria por diversas perícias até que conseguisse a tão desejada aposentadoria. Ela havia trabalhado muito, mas não podia mais, devido medicamentos fortes que tomava, pois sofria de diversas doenças.

À tarde Clara preparou o almoço e foi até a vizinha buscar Alice, uma das meninas de quem ela cuidava para os pais trabalharem.

- Mãe, venha almoçar!

- Já vou!

Sentaram-se as três para almoçarem.

- Tia Clara, sua comida é uma delícia!

- Obrigada, agora coma tudo. Você também mãe.

- Estou sem fome!

- A senhora precisa comer para poder tomar seus remédios.

Ao terminarem de almoçar chegou outra criança, seu nome era Roberta. Ambas tinham a mesma idade, 07 anos. Elas gostavam de brincar juntas, mas sempre chamavam Clara para brincar com elas, afinal de contas ela também era uma criança, e quando terminava seus afazeres domésticos brincava com elas.

Clara ficou tão próxima das crianças que passou a amá-las como se fossem suas filhas e esse amor era retribuído.

Alice, mesmo quando seus pais estavam em casa, gostava de ficar na casa de Clara. Ficavam horas conversando ou assistindo filmes. Dona Regina também estava sempre junto.

Roberta depois de um tempo deixou de ir à casa de Clara, Seus pais a haviam colocado numa escola em período integral. Roberta tinha 10 anos quando isso aconteceu e sentiu muito, Clara sentiu mais. Era um aperto no coração, parte de si lhe havia sido arrancada. Encontrava-se às vezes chorando.

Alice por outro lado crescia ao lado de Clara e a ternura entre as duas também crescia. Certa vez, num domingo pela manhã, Alice chegou correndo e chorando até a casa de Clara.

- Tia Clara, por favor, coloque esta lente de contato em meus olhos, eu não consigo colocar e minha mãe está zangada comigo e também não consegue por.

Alice precisava colocar lentes de contato devido a um tratamento médico, não era por estética.

- Onde está seu remédio e o colírio?

- Ficou em casa!

- Você precisa ir buscar, não podemos colocar as lentes sem o remédio.

- Minha mãe vai brigar...

- Fique aqui, vou buscar!

Alice sentou-se no sofá e esperou, ainda chorando.

- Dona Lurdes! – Chamou-a no portão.

- Pode entrar!

- Com licença.

- Bom dia, Clara, tudo bem?

- Bom dia! Tudo bem! E você como está?

- Estou bem! Obrigada!

- Eu vim buscar o remédio e o colírio da Alice.

- Ah! Só você para ter tanta paciência com ela.

Clara sorriu e recebeu os medicamentos de Dona Lurdes.

- Fala para a Alice não demorar.

- Está bem! Até logo!

Clara pingou o remédio e o colírio nos olhos de Alice, depois colocou suavemente as lentes de contato. Depois deste episódio Alice sempre pedia que Clara lhe colocasse as lentes nos olhos, independente do dia.

Alice almoçava na casa de Clara todos os dias, mas aos domingos era especial, sempre havia algo diferente para comerem e à tarde se sentavam junto ao pé de bananeira (que ficava nos fundos da casa) Clara, Alice e Regina para passarem o tempo.

Certa vez a mãe de Alice falou que não poderia mais pagar para que menina ficasse aos cuidados de Clara e que a garota já poderia ficar muito bem sozinha. Nesta ocasião Dona Regina já havia conseguido sua aposentadoria, contudo a situação financeira daquele lar ainda encontrava dificuldades.

- Tudo bem Dona Lurdes, eu entendo.

- Obrigada por tudo que tens feito por ela! Por todos estes anos.

- As portas de casa estarão sempre abertas.

- Obrigada Clara!

Então Dona Lurdes deu um abraço forte em Clara.

Alice continuava indo à casa de Clara que a recebia muito bem, da mesma maneira, com a mesma afeição.

Em certa ocasião uma garota maior que Alice passou a arrumar confusão com ela na escola. Todos os dias no intervalo das aulas a menina, que se chamava Bruna, duas séries adiante, a empurrava, roubava seu dinheiro do lanche e a xingava, todavia nunca sozinha sempre junto de sua turma que se intitulavam "A gangue da oitava", referindo-se a série a que pertenciam.

Clara ficou sabendo do caso por intermédio de outros e imediatamente foi à escola, as crianças estavam saindo e três garotas estavam a empurrar Alice e derrubar seus livros. Clara imediatamente se colocou entre Alice e as garotas.

- Saiam daqui agora!

- Quem é você?

- Sou a segunda mãe de Alice! Saiam agora!

As garotas ficaram olhando furiosas para Alice e foram embora.

- Tia Clara obrigada, mas amanhã será pior.

- Não será!

Na manhã seguinte Clara acompanhou Alice à escola e foi até a diretoria reclamar, exigiu providências e por algumas semanas não houve problemas, porém em momento oportuno Bruna agrediu Alice com socos.

Clara foi à delegacia, à diretoria de ensino, foi até ao conselho tutelar, entretanto nada se resolvia. Então ela descobriu o endereço de Bruna e foi até a sua casa falar com a mãe.

- Bruna está arrumando confusão com minha filha na escola! – Clara esquecera-se de que não era mãe.

- Os alunos que se entendam na escola! Nós adultos não devemos nos intrometer.

- Não podemos deixar como está.

- Infelizmente não posso fazer nada.

- Tudo bem! Então não reclame. O que Bruna fizer com minha filha eu faço com ela. – Dito isto se virou indo embora.

- Você não pode fazer isso... Denuncio-te...

Clara ainda de costas deu de ombros e continuou indo embora.

Bruna e sua turma nunca mais brigaram com Alice.

O tempo passava e Alice cada vez menos frequentava a casa de Clara, começou a sair com suas amigas, começou a namorar e se distanciava cada vez mais até que ficou raro às visitas de Alice à Clara.

A mãe de Clara envelhecia e pouco se movimentava. Ela estava cada vez mais frágil e necessitava muito dos cuidados de sua filha que sempre a tratava com muito afeto e apesar de diversas brigas entre as duas era evidente o amor que existia entre mãe e filha.

Clara sentou-se, ao entardecer, junto ao pé de bananeira sozinha e passou a refletir sobre sua vida. Ela precisava arrumar um emprego, mas sua mãe estava muito debilitada e também tinha uma saudade de Alice, percebeu que sua "filha" havia partido e que não voltaria mais para conversarem naquele mesmo lugar. Ela desejou ter seu próprio filho, um filho que ela não precisasse devolver à mãe, porque ela seria a mãe. Sentiu-se realmente só.

Dona Regina ficava quase todo o tempo na cama e poucas vezes no dia se levantava. Clara percebeu que precisava ter duas vidas, uma para continuar cuidando de sua mãe e outra a sua própria vida. Como ela conseguiria não sabia, mas de fato foi isso que aconteceu.

Clara casou-se e logo teve um filho. Seu próprio filho, que ela tanto sonhava. Ela reconheceu em si um dom em cuidar das pessoas e ela amava cuidar agora de seu filho.

O nascimento de seu filho foi um momento único em sua vida, ela se dedicava muito a ele, sua vida era para ele agora.

O menino crescia... Colhia flores para a sua mãe e avó, ele sorria, pedia carinho... Era tudo muito bom. Elas sentavam-se para assistirem as brincadeiras e travessuras daquele garoto. Seu pai viajava muito e quase não via o menino, mas quando chegava, era uma grande alegria para aquela criança.

Realmente aquela criança não supriu a falta que Clara sentia por Alice, mas com certeza a ensinou um pouquinho mais sobre como funcionava o coração de uma mãe.

- Filho, você foi um presente de Deus para mim!

- Por quê?

- Não preciso devolver você ao entardecer. - Sorriu a mãe.

A Saúde de Dona Regina piorou e ela faleceu. Mãe e filho pranteavam todos os dias.

- Eu quero a vovó aqui comigo! – Dizia a criança, chorando.

- Eu sei meu filho... Eu sei... A mamãe também amava muito ela!

Agora mãe e filho compartilhavam da mesma dor, da mesma tristeza. As lembranças não paravam.

A alegria estava deixando aquele lar e eles não percebiam, a tristeza vinha tão suave e tão serena como fora à própria Dona Regina.

Aquela casa agora era vazia.

Clara sentiu que uma de suas vidas havia partido.

- Mãe, não fique triste, a mãe do pai pode ser sua mãe agora, não será a mesma coisa, mas você poderá receber carinho dela, é assim que ela faz comigo.

Clara sorriu e se sentiu feliz e triste ao mesmo tempo.

Clara tornou-se professora, agora ela tinha uma classe de alunos para educar... Ensinar... Cuidar... Era o que ela mais gostava de fazer.

Clara não entendia o que a vida queria lhe ensinar, mas sem perceber ela compreendeu que somos apenas seres humanos, carecemos uns dos outros, nós sorrimos, choramos, cantamos, dançamos e vivemos, simplesmente vivemos, puramente vivemos e intensamente vivemos. Clara compreendeu a frase "enquanto há vida há esperança "(Eclesiastes 9:4).

Clara pegou a mão de seu filho e juntos caminharam rumo à escola, mas não a escola conhecida de todos, mas sim a escola chamada "escola da vida". Era muito que aprender... Era muito que ensinar.

LEMBRANÇAS

Paulo estava sentado sobre um banco, olhando a chuva cair lentamente enquanto se lembrava do pão caseiro que dias atrás havia comido junto de sua avó. Ele era apenas uma criança e não sabia o que era pneumonia, mas sentia arrepios ao ouvir esta palavra.

Ele se lembrou do abraço quente e gostoso que ela dera nele quando eles saíram do hospital, ela havia sido empurrada numa cadeira de rodas pelo seu genro conseguirem chegar até o carro, mas antes o neto havia pendurado em seu pescoço para dar-lhe um beijo e um grande abraço, sua avó sorriu, ele era a alegria de sua vida.

Muitos anos de tristeza, aquela avó havia passado, mas recentemente com o nascimento de seu neto, tudo ficara no passado, e sua vida agora era de muita alegria.

A criança pensava como seria possível ela ter saído do hospital e dias depois ter voltado, "será que o médico não sabia que ela ainda estava doente... E será que pneumonia era coisa séria?"

- Posso entrar para ver a vovó? – Paulo perguntou para sua mãe.

- Não! Somente os adultos podem entrar!

- Mas eu queria tanto ver ela.

- Eu sei meu filho, mas não pode. Espere ela sair do hospital, então você a vê.

- Mas faz muitos dias que ela está no hospital! Estou com saudades!

- Espere mais um pouco.

Clara, a mãe de Paulo abriu a porta do carro para eles entrarem e aguardarem.

- Vamos esperar aqui para seu pai visitar a avó. – Disse Clara.

- Eu queria muito ir com ele...

Paulo ficou olhando para as pessoas que entravam e saíam do hospital, observava as expressões daquelas pessoas.

Ventava muito e Paulo sentia frio, ele teve pena de sua avó "Será que ela ficaria bem?" "Até quando ela ficaria internada?".

Paulo começou a se lembrar de dias atrás terem comemorado o aniversário da avó Regina, 76 anos, ele havia feito vários cartazes e colado nas paredes "Parabéns vovó", "Nós te amamos", "Muitos anos de vida". Clara preparara um bolo, encheram bexigas e chamaram os tios para comemorarem. Naquela ocasião Paulo sentou no colo da avó e recebeu um beijo no rosto e um "muito obrigado". Paulo se surpreendeu sorrindo das lembranças.

Seu Pai chegou ao carro um pouco desanimado.

- O médico disse que a febre dela aumentou.

A mãe não disse nada, seus olhos estavam vermelhos e úmidos e a criança começou a chorar baixinho, para que não o ouvissem.

Paulo chegou à sua casa, pegou porta-retratos de sua avó, deitou-se na cama e colocou-o ao seu lado, na cabeceira. Ficou olhando a foto de sua avó até que adormeceu.

Seu sono foi suave e sonhava com sua avó, ela estava bem e assistia ele jogar videogame, nada parecida estar acontecendo, não havia doença, não havia ninguém que o impedia de olhar para o rosto de sua avó, não havia saudades... E ela estava tão boazinha, como sempre, tão atenciosa, ouvia atentamente cada palavra que ele dizia, ninguém era como sua avó.

Quando Paulo acordou, o retrato não estava mais ao seu lado e ele se passou a procurá-lo desesperado.

- Cadê a foto de minha avó?

- Acalme-se filho, está no quarto dela. – Respondeu-lhe o pai.

A criança saiu correndo e pegou novamente a foto e colocou em seu quarto, ali seria o lugar de agora em diante.

Passados alguns dias o telefone tocou, sua mãe atendeu e após alguns segundos começou a chorar.

- Minha mãe... Minha mãezinha... Pobre mãezinha!

- O que aconteceu? Perguntou a criança, já chorando.

- A avó morreu meu filho...

- Eu quero a minha vovó! Por favor!

A mãe o abraçou e juntos choraram, um choro longo e de perder o fôlego, eles estavam sozinhos naquele momento. A chuva neste momento começou a cair fortemente.

De agora em diante, Paulo começava dar mais valor à sua vida e das pessoas a sua volta, ele aprendeu muito coisa com este triste acontecimento, mas apesar de tudo isso não o derrubou, e aquela criança aprendeu com aquilo, aprendeu com a dor... Ele aprendeu a valorizar mais ainda as pessoas a sua volta, quanto mais ele amava uma pessoa, mais atenção ele dava, esta havia sido a lição primordial que ele tinha aprendido com sua avó.

Paulo nunca se esquecera de sua avó, nem mesmo com o passar do tempo.

O CADERNO DE DESENHO

Eram seis horas da tarde. Clara estava brincando com sua amiga no quintal de sua casa, quando sua tia Rosana chegou.

- Oi tia! Tudo bem?

- Oi! Estou bem! E você como está?

- Tudo bem!

- Sua mãe está em casa?

- Sim! Está passando roupa.

As crianças continuaram brincando enquanto Rosana foi falar com a mãe de Clara.

Rosana percebera a pobreza que estava aquela casa.

- Dona Regina, as coisas estão difíceis por aqui, pelo que percebo. – Disse Rosana.

- Sim! Muito.

- Vocês estão precisando de alguma coisa?

- Está tudo bem!

- Deseja que eu compre alguma coisa?

- Não precisa!

- Então hoje eu vou comprar uma pizza!

- Legal! A Clara vai gostar muito.

- E como ela está na escola?

- Ela é uma menina muito inteligente.

- E quando voltam às aulas?

- Semana que vem!

- Vocês já compraram os materiais escolares?

- Ainda não!

- Então eu compro!

- Não precisa. Na sexta-feira eu recebo e compro os materiais dela!

- Então pode deixar que o caderno de desenho eu compro para ela! Sou professora de Educação Artística e o mínimo que eu devo fazer como tia é comprar um bom caderno... Inclusive darei aulas na escola que ela estuda, pode ser que eu seja sua professora.

- Que bom! Se acontecer fique de olho nela... E obrigada!

- De nada!

Na sexta-feira Dona Regina recebeu o pagamento e quase não conseguiu comprar o material escolar de sua filha. Ela teve que comprar tudo reduzido e faltaram algumas coisas.

- Mãe faltou o caderno de desenho!

- Sua tia vai te dar!

- Mas aulas começam segunda-feira.

- Eu sei filha, mas o dinheiro não deu... E sua tia disse que compraria... Então ela deve te dar na escola.

A tia Rosana realmente seria a professora de educação artística, Clara ficou feliz por sua tia ser sua professora, contudo no primeiro dia de aula a docente parecia não estar tão animada quanto a sua sobrinha. Fingiu que não se conheciam e Clara pensou "deve ser por causa da autoridade que ela precisa passar para a classe".

No intervalo Clara correu para falar com sua tia.

- Oi tia!

- Oi Clara! Sou sua professora! Por favor, não me chame de tia aqui na escola.

- Ah... Tudo bem! E a senhora como está?

- Estou bem! Obrigada, mas preciso ir, o intervalo é muito curto e preciso comer alguma coisa. Com licença.

- Toda.

Clara sentou-se no banco, contou suas moedas para comprar alguma coisa na cantina, mas eram insuficientes. Então ela olhou para sua tia e a viu comprar um salgado, mas não tinha coragem de pedir que comprasse um para ela também, não depois deste último acontecimento. E o caderno de desenho? Disso ela também não teria coragem de perguntar.

Ao sair da escola a primeira coisa que Clara fez foi falar com sua mãe.

- Mãe a senhora precisa comprar um caderno de desenho para mim.

- Não posso! Sua tia disse que compraria e agora não tenho mais dinheiro.

- Mas e se ela não comprar?

- Ela vai comprar, ela disse que compraria. Ela é sua tia Clara, e tem condições melhores que a nossa.

Na semana seguinte Clara teve aula novamente com sua tia e professora Rosana.

- Atenção classe! Quero que vocês peguem seus cadernos de desenho e façam uma reta de 15 centímetros em diagonal.

Todos pegaram seus cadernos, menos Clara que pegou seu caderno de Língua Portuguesa e virou na última folha para fazer a reta.

- Clara, onde está seu caderno? – Perguntou a professora com a voz numa tonalidade alta.

- Eu não tenho.

- E porque você não tem? – Gritou a professora.

Clara não respondeu, apenas abaixou a cabeça.

- Ah... Esqueci-me! Você está esperando que eu compre um caderno para você! Acredito que sua mãe precise se preocupar mais com sua educação. Eu não tenho obrigação de comprar material escolar para você apenas porque sou sua tia. Aqui sou sua professora menina... Alguém pode dar uma folha de caderno para ela? – Disse a professora ainda gritando.

Uma aluna arrancou uma folha e estendeu para Clara, que pegou e abaixou sua cabeça olhando para a professora, tentando se concentrar na explicação, porém sua mente estava longe... Ela agora olhava para a janela e observava os pássaros pousando nos fios elétricos dos postes, depois olhou para suas mãos trêmulas e suadas e por fim observou as outras crianças fazendo suas atividades, ela sentiu vontade de chorar, mas ali não era o lugar apropriado, então segurou o choro e ficou olhando firmemente para sua folha de caderno, mas não se conteve, o papel se molhou numa mistura de suor e lágrimas.

O HOMEM SEM DESTINO

O homem caminhava pela chuva, não sabia para onde iria e nem de onde vinha, simplesmente caminhava... Caminhava por uma calçada suja e muros esburacados.

Sua camisa estava um pouco amassada e ele estava cansado, caminhava há tanto tempo e queria se sentar um pouco.

O homem usava um casaco marrom e uma calça jeans, não fazia a barba por uma semana, na verdade não se lembrava de seu último banho.

Retirou do bolso do casaco alguns papéis molhados, olhou-os por alguns instantes e os jogou no chão, depois retirou outro papel, este plastificado, contendo um endereço, ele não se lembrava do que se tratava e guardou-o novamente.

O homem sentou-se num banco de uma praça e ficou ali parado recebendo a chuva sobre a sua cabeça. Ele gostaria de comer alguma coisa, estava com fome, pegou sua carteira e observou alguns trocados, caminhou até a padaria.

- Bom dia!

- Bom dia! O que deseja!

- Pão de queijo e café.

- Pode sentar-se na mesa, por favor!

- Obrigado!

O homem de forma estabanada sentou-se, molhando toda a cadeira e o chão. A moça que o atendeu trouxe-lhe o pedido. Enquanto tomava o café pegou o jornal que estava sobre a mesa e começou a folhear.

- Moça, por favor!

- Pois não?

- A senhora não teria o jornal de hoje?

- Sim! Este jornal é de hoje.

- Mas aqui diz que é do dia 12.

- Sim…

- Então?

- Hoje é dia 12, não é?

- Acredito que não! Mas tudo bem, leio estas notícias velhas mesmo, pode deixar!

A moça saiu e foi olhar no calendário, enquanto o homem continuava a ler o jornal. Depois de alguns minutos o homem terminou sua leitura e seu café. Foi ao caixa, pagou o que havia consumido e comprou um jornal. Saiu novamente para a rua e continuava sem destino.

Agora havia uma garoa fina caindo sobre sua cabeça e então ele percebeu que o jornal que acabava de comprar era o mesmo que estava sobre a mesa em que ele havia tomado seu café.

- Não acredito! Fui enganado! Aquela mulher me vendeu um jornal velho... Eu já li essas notícias... Eu devia era falar umas verdades para ela!

Mas o homem não fez nada, na verdade ele sentiu uma vontade de chorar, mas não sabia o motivo, não era apenas pelo jornal e ele não sabia o que era.

Depois de caminhar mais um pouco se cansou novamente, sentou-se na calçada encostou-se no muro e dobrou as pernas, ficou ali por algumas horas parado, sem pensar em nada. Algumas pessoas passavam por ele e jogavam algumas moedas, mas ele não as recolhia.

Mais uma noite ele dormiria na rua, ele já estava se acostumando. Ele retirou o casaco, deitou-se e colocou-o sob sua cabeça como se fosse um travesseiro, coçou a barba, se encolheu e dormiu.

Um cachorro vira-lata lambeu a mão do homem para sentir um pouco do gosto do pão de queijo que havia ficado nas mãos dele e depois se deitou ao lado do homem.

Agora não garoava mais, contudo o homem estava muito molhado, ele estava ficando fraco e doente.

Quando acordou estava com muito frio e percebeu que o cachorro ao seu lado estava tremendo, ele então pegou o jornal que havia comprado, forrou o chão, colocou o cão sobre o papel e depois o cobriu com a outra parte.

O cachorro até que era bonito, apesar de viver na rua ele tinha um belo pelo bonito, um focinho fino e não ficava se coçando o tempo todo.

O homem se levantou, olhou para o seu relógio, porém os ponteiros não se moviam e ele não havia percebido, seu relógio estava quebrado há dias.

O homem continuava sua caminhada sem rumo, mas agora ele tinha um companheiro, o cachorro.

Ele não se incomodava com o cão, na verdade até gostava daquela sua nova companhia.

Agora o homem comprava as refeições daquele cachorro, mas ele mesmo mal se alimentava e estava cada vez mais fraco e o pior era que o dinheiro havia acabado e ele não sabia onde conseguir mais, ele teve pena do animal que não teria mais como se alimentar e voltaria a revirar os lixos.

Certa noite o homem se sentou na escadaria de uma catedral e ficou olhando para o céu estrelado. Ele tentava se lembrar se aquela lua era nova ou cheia, mas logo pensou "o que me importa isso?", "que diferença faz?".

Mas ficou ali sentado pensando, mas logo ele se esquecia de seus pensamentos e dizia "o que estou fazendo aqui?" e logo respondia para si "não tenho para onde ir!".

Uma senhora se aproximou do homem e disse:

- Boa noite!

- Boa noite! – Respondeu.

- Está tudo bem com o senhor?

- Sim! Tudo bem! E a senhora como vai?

- Não se lembra de mim?

- Me perdoe, mas não me lembro.

- Sou Berenice, amiga de sua esposa!

- Minha esposa?

- Sim! Sua esposa!

O homem então reparou em sua aliança no dedo e a retirou e olhou para o nome dela.

- Simone...

- Sim, Simone... Como ela está? Há muito tempo que não a vejo!

- Bem... Na verdade também não a vejo.

- Onde o senhor está morando?

- Na rua.

- O senhor se separou de sua esposa?

- Acredito que ela me deixou.

- Entendo.

- O senhor aceita algo para comer?

- Eu ficaria grato!

A senhora então entrou em uma casa em frente à catedral e dentro de alguns minutos voltou com um prato de comida, o homem pegou rapidamente e dividiu com o cachorro.

- Muito obrigado! Já estava sem dinheiro!

A mulher então se retirou e o homem encolheu-se agora debaixo da escadaria, em um pequeno espaço vago que havia entre a calçada e os degraus.

O homem dormia ao lado de seu cachorro, ele tossia muito e tremia de frio.

Uma mulher loira de cabelos cacheados, olhos claros e profundos, de rosto angelical, pele macia, bem vestida e graciosa começou a sacudir o homem.

- Fernando... Acorde... Fernando!

O homem então acordou e olhou para o rosto daquela mulher, ele não se lembrava quem seria ela, mas ficou feliz em vê-la, seu coração disparou como se estivesse apaixonado por aquela mulher tão bonita, tão bem vestida e parecia ser uma pessoa de bom caráter.

- Venha Fernando! Vamos para casa!

A mulher tão bem vestida abraçou o homem que mais parecia um andarilho e o acompanhou até o carro, um Fiat Siena, da cor prata.

- Venha Fernando, por onde você andou? Estamos te procurando há semanas... Você precisa tomar seus remédios direito.

- Não consigo me lembrar de você!

- Fernando... Sua amnésia está cada vez pior... Precisamos retornar ao médico e reiniciar o tratamento.

O homem não sabia quem era aquela mulher, não sabia quem era ele mesmo, não sabia onde morava e nem há quanto tempo estava na rua, mas lembrou-se que aquela mulher se chamava Simone e que a amava muito.

- Eu te amo querida!

- Eu também te amo! – Disse a mulher em lágrimas.

O homem chegou até o carro e voltou para a escadaria.

- Só um momento.

Pegou o cachorro e entrou no carro.

- Agora podemos ir.

- Então vamos! – Disse a mulher.

Simone ligou o carro, acenou para Berenice e partiram para casa.

Fernando tomaria um banho, faria a barba e deitaria numa cama bem confortável. E o cachorro teria um lar.

Berenice olhava do portão de sua casa e sorria. Ela sabia que Simone não havia abandonado o marido. Estava feliz por colaborar para que aquele casal se ajuntasse novamente.

DESUMANIDADE

Estava chegando o verão e as festas de formatura, as confraternizações e as despedidas já haviam começado. Muitas comidas, bebidas, muitos familiares unidos e principalmente muitos presentes para as crianças.

Dona Regina gostaria de comprar um brinquedo especial para cada um de seus filhos, mas as dificuldades econômicas não ajudavam muito. Ela era sozinha, pois o marido a abandonara.

Ela até juntara certa quantia em dinheiro durante os últimos meses, mas este ano receberia o décimo terceiro salário atrasado e as crianças ansiavam por "um banquete" de final de ano. Dona Regina passaria sozinha com seus dois filhos, então ela precisava fazer algo especial para eles, mas gastaria suas economias num banquete ou em brinquedos?

Cinco anos trabalhando naquele restaurante com dedicação para simplesmente não receber o décimo terceiro salário em dia, talvez em janeiro ou fevereiro, era o que Odair, o dono, havia prometido.

Certo dia a filha de Seu Odair, a senhorita Eva, foi ao restaurante, ela esteve na Europa estudando e retornara recentemente, conhecera Dona Regina e rapidamente ficaram companheiras.

A moça não concordava com o pai em ter atrasado o décimo terceiro salário dos funcionários, posteriormente ela descobriria que a causa do atraso era a sua vinda da Europa, para cobrir os gastos da viagem e das novas instalações para a ela.

Eva gostava de conversar com os funcionários, principalmente com a cozinheira Regina, mas seu pai detestava, pois acabava sempre por atrasar o serviço e ainda havia o problema da proximidade com os subordinados, o que não era bom.

- Dona Regina, a senhora não gostaria de levar esta comida para suas crianças? – Perguntou Eva, referindo-se a comida que havia sobrado e que logo seria jogada no lixo.

- Não posso aceitar.

- Pode sim! Eu não gosto de dar resto... Mas tem sobrado muita comida ultimamente e não temos o que fazer... Tenho certeza que seus filhos vão gostar!

- Sim, com certeza... Mas... E o Seu Odair?

- Eu já falei com o meu pai!

- Obrigada! Será um banquete para minhas crianças.

Eva sorriu e entrou em seu carro. Seu Odair ficou observando Dona Regina levar as comidas, não disse nada, mas detestava a ideia de ajudar uma cozinheira.

Passaram-se alguns dias e Dona Regina continuava levando a comida que sobrava do restaurante para casa, contudo dias antes do natal, Eva havia saído para encontrar-se com um moço que conhecera recentemente e seu Odair percebendo a oportunidade de acabar com a "farra" da cozinheira, não titubeou, chamou Dona Regina de ladra e levou alguns homens para surrá-la.

Seu Odair ligou para a polícia e explicou que havia flagrado uma funcionária furtando comida.

- Mas o que aconteceu com ela? – Perguntou o policial, referindo-se as marcas no corpo de Dona Regina, por causa das pancadas que levara.

- Tentou fugir quando a apanhamos furtando!

- Entendo... Mas não precisavam fazer isso com ela.

O policial colocou Dona Regina na viatura, quase desacordada, e a conduziu à delegacia, ela não passaria as festas de fim de ano com seus filhos desta vez.

Seu Odair acendeu um cigarro e começou a caminhar lentamente pelo restaurante, fazia silêncio no interior do estabelecimento e seus sapatos rangiam. Os outros empregados olhavam espantados para o sujeito e um deles até pensou "Será que ele é um ser humano ou um animal?", mas logo concluiu... "Animais não são tão desumanos".

OS TEUS OLHOS

Clara não reparava no moço, mas ele a olhava intensamente: Seus olhos, seus cabelos, seus olhos, suas mãos lisas, seus olhos... Seus olhos.

Ele não sabia se o tempo havia parado ou se simplesmente aquele momento era eternizado. Ele sinceramente a admirava.

O moço olhava para dentro dos olhos verdes de Clara, para as janelas de sua alma, mas ele não encontrava brilho, apenas um olhar opaco.

Seu nome era Renan e ele não sabia ainda, mas aquela mulher de olhos tão verdes seria sua esposa. Ela o achava impertinente. "Por que ele me olha tanto? Isso seria bom?" Ela acreditava que jamais seria admirada por alguém e talvez o moço estivesse a ridicularizando ou debochando de alguma imperfeição. Contudo ela era perfeita.

Renan se aproximou da moça e descobriu seu nome: Clara, tão belo nome. Ficaram amigos e ela percebeu que ele a tratava diferente, acontece que Renan a amava e de uma maneira que ela jamais o amaria.

Clara tinha os olhos mais tristes que Renan já tinha visto, mas isso não importava, ele queria apenas ver seus olhos, simplesmente contemplar a beleza deles e ainda sonhava em fazer com que brilhassem e sorrissem.

- Você é uma moça tão bonita. - Disse Renan.

- Obrigada... Mas aonde você quer chegar?

- Apenas em suas mãos.

- Como assim?

- Quero apenas segurar as suas mãos.

- Assim você me deixa constrangida.

- Eu sei! Eu te conheço! – Ele segurou suas mãos e deu-lhe um beijo no rosto. Um beijo demorado e muito próximo da boca.

Ela não sabia se gostava ou não daquele momento...

O tempo passava e Renan se aproximava cada vez mais de Clara e ela sentia uma sensação incrível, talvez ela se sentisse amada, ela não sabia exatamente o que era ser querida.

Eles andavam nas ruas como se já fossem enamorados, todos percebiam o amor que exalava deles, porém Renan não entendia porque Clara não queria ser mais do que bons amigos, ela parecia temerosa.

Os olhos daquela moça continuavam opacos, fechados para confiança, nunca estavam cintilantes numa antítese com a cor de seus olhos tão claros.

Clara contou sua história tão dolorida, tão sofrida, tão penosa e tudo fez sentido, insegurança era a palavra que mais definia àquela moça.

Havia uma luta disfarçada entre o "querer" e o "não querer", por certo era de afeto e incertezas e o tempo foi um verdadeiro professor que ensinou Clara sobre a confiança e mostrou a Renan que a perseverança fortalece a ternura e o afeto.

Então finalmente os olhos de Clara resplandeceram e foi de uma maneira branda. A noite os envolveu, as mãos se envolveram entre si, mas olhos já não podiam, por estarem fechados. Não havia estrelas, nem a claridade da lua, apenas uma brisa suave que mexia os cabelos de Clara.

Foi um beijo suave, profundo, longo e muitas coisas foram ditas em silêncio.

DIA FELIZ

Era uma linda manhã, havia flores pelo caminho, era primavera, 24 de outubro do ano de 2007.

Os pássaros estavam mais afinados que em outros dias, eles entoavam hinos, com certeza eles estavam mais alegres naquele dia.

Havia um sorriso estampado no rosto das pessoas e a cordialidade entre os seres humanos retornara.

O sol irradiava a mesma luz de todos os dias, mas desta vez iluminava sem inflamar e apesar da primavera era possível sentir o frescor daquela manhã.

O veículo velho que ficava na garagem era o melhor carro que uma família poderia possuir: Um Ford Fiesta na cor prata. Era ele que levava um casal pela rodovia.

Quando o homem estacionou seu veículo ele estava terno, passivo e observador, ele olhava atentamente a sua volta, ele sentia cada movimento da natureza. Ele nunca tinha percebido que a copas das árvores eram tão desenhadas e que o chão não era tão cinza.

A mulher sentia a vida, ela simplesmente respirava vida, ela não sentia mais nada, apenas a vida.

O marido pegou um copo de água e entregou a esposa que bebeu e tornou a beber. Água é vida.

A mulher esqueceu-se de seus problemas e sentiu as cores em seu interior e em sua volta. Ela nunca havia reparado como o mundo era tão colorido e como havia perdido tempo naquele vazio acinzentado.

Um jovem que passava nervoso esbarrou no casal.

- Nos perdoe! – Disse o homem alegre.

O jovem foi embora resmungando algo sem se importar com as desculpas, mesmo sendo o causador do incidente, porém o casal continuava com o sorriso no rosto.

A mulher entrou numa sala, aparamentou-se e deitou numa maca, o marido olhava com ternura para a esposa.

Ouviu-se um choro seguido de um alvoroço. Logo depois o médico trouxe o recém-nascido enrolado num pano branco, assim nasceu Paulo. O pai beijou-lhe a testa e a mãe segurou a criança em seus braços e ali ficaram os três. O sol entrava naquela sala por uma pequena fresta que havia na cortina pendurada à frente da janela e um silêncio invadiu aquele lugar, era possível ouvir, apenas, o som dos carros que passavam na rua e das pessoas que andavam no corredor ao lado. Mas a calmaria reinava naquele lugar.

ESPERANÇA

A mitologia grega afirma que Pandora teria aberto a caixa de Epimeteu, deixando sair de lá todos os males para a humanidade: O ódio, a guerra, a velhice, a mentira, o roubo, a doença, o ciúme... Mas quando fechou ficou no fundo da caixa a esperança. Ela não pode ser sentida pela humanidade. Esperança... Um mal necessário a existir?

Uma garota andava com os pés descalços pela rua, andava triste e gostaria muito de ter uma oportunidade para poder trabalhar, mas ela era criança ainda, e não conseguia arrumar um emprego.

- Eu gostaria muito de poder trabalhar aqui na Legião Feminina...

- Menina, peça para sua mãe vir aqui conversar conosco para explicarmos os procedimentos e documentos necessários.

- Minha mãe não pode vir... Ela está doente... Por isso preciso trabalhar...

A mulher ficou paralisada por um momento, um sentimento de piedade se apoderou dela, mas olhou firmemente nos olhos da garota e disse:

- Não Posso Fazer nada... Desculpe-me!

- Eu sei. Tudo bem! - A menina virou-se e caminhou até a porta. A mulher não resistiu.

- Menina! Qual o seu nome?

- Clara.

- Venha até aqui.

A menina se aproximou novamente.

- Pois não!

- Você não tem nenhum responsável por você?

- Não!

- Você consegue pegar o RG de sua mãe?

- Acho que sim.

- Você consegue tirar uma cópia do RG dela e trazer para mim?

- Posso tentar, só não tenho dinheiro para o xérox.

- Tudo bem! Aqui está! - A mulher pegou algumas moedas e entregou a criança.

- Obrigada! - A menina virou-se e saiu correndo pela rua.

Quando a garota chegou a sua casa não tinha almoço e sua mãe estava deitada na cama tendo delírios. Procurou pela bolsa da mãe, mas não encontrou.

- Mãe, a senhora lembra onde está a bolsa da senhora? - Não houve resposta.

- Mãe... A senhora está me ouvindo? - A mãe balbuciou algo incompreensível.

Clara procurou a bolsa da mãe à tarde inteira e não encontrou. Cansada sentou-se no sofá e adormeceu. Quando acordou sua mãe estava caída no chão.

- Mãe! O que aconteceu? - A menina segurou o braço da mãe e se esforçou ao máximo para levantá-la, mas não conseguiu.

A menina saiu para rua pensando onde poderia conseguir ajuda e chamou sua vizinha explicando a situação.

- Vou chamar meu marido para ajudá-la.

Veio um homem forte de camisa regata e calça social preta.

- Vamos lá Clarinha...

O Homem entrou na casa e sentiu o peso daquela casa. Pegou a mulher que estava caída no chão e a colocou na cama novamente.

- Precisa de mais alguma coisa menina?

- Não! Obrigada, agora está tudo bem.

- Quer dormir conosco esta noite?

- Não posso. Preciso cuidar de minha mãe.

- Entendo. Qualquer coisa é só nos chamar.

- Obrigada!

O homem foi embora e a menina lembrou-se que não havia feito almoço e já entardecia. Clara abriu a geladeira e não encontrou nada para cozinhar, não sabia o que fazer. Tinha um pouco de arroz no armário, ela pegou e colocou na panela, sentou-se na cadcira c sentiu em seu bolso as moedas que havia ganhado para tirar cópia do RG de sua mãe. Depois de refletir um pouco ela foi até a quitanda que já estava fechando.

- Oi… Dá tempo de comprar ovo?

- Só ovo?

- Sim!

- Quanto deseja?

Clara entregou as moedas para a moça.

- Quanto consigo comprar com essas moedas?

- Dois!

- Pode ser.

A moça entregou-lhe dois ovos numa sacolinha e clara foi embora fazer a comida.

Antes de dar comida a sua mãe Clara fez uma oração.

- Jesus obrigado por este alimento, o senhor é minha esperança!

Clara deu de comer para sua mãe e depois também comeu. Após alguns minutos Clara sentou-se no chão e começou a chorar.

Clara estava sentada próximo ao leito de sua mãe e viu algo reluzente debaixo da cama e quando foi verificar descobriu a bolsa que tanto havia procurado, abriu e pegou o RG de sua mãe.

Mas agora ela não tinha mais o dinheiro para tirar cópia.

Na manhã seguinte Clara foi até próximo da Legião Feminina e sentou-se num banco da praça pensando no que faria. "Talvez eu devesse pedir uns trocados para as pessoas que passam por aqui, mas eu tenho vergonha".

Clara viu a mulher do dia anterior, que trabalhava na Legião Feminina e que havia entregado as moedas para o xérox, estava caminhando de cabeça baixa, em direção ao trabalho. Clara ficou com vergonha e abaixou a cabeça para que a mulher não a visse.

- Bom dia Clara! Tudo bem? Já trouxe a cópia do RG de sua mãe?

- Não pude trazer, gastei o dinheiro que a senhora me deu.

- Não tem problemas, me empreste o RG e vamos até aquela loja para tirarmos o xérox e me diga quantos anos você tem?

- Doze.

- Então tenho ótimas notícias, já tem um emprego te esperando num Supermercado, pode ser?

- Lógico! Que maravilha!

Clara começou a trabalhar no Supermercado e sentiu esperança de que as coisas iriam melhorar para ela, ela se deu conta que esperança não era um mal necessário, esperança era um bem necessário.

Realmente as coisas melhoraram.

APROVEITE O DIA

Era manhã e Clara caminhava naquele bosque recebendo os primeiros raios solares daquele outono, ela pisava nas folhas secas no chão e ainda sentia frio.

Caminhar sozinha a fazia se sentir feliz, se sentir completa, ela vivia seu próprio *Fugere urbem.* Nada podia deixá-la preocupada ou triste naquele momento que era somente seu.

Seus cabelos eram encaracolados numa mistura afrodescendente, sua pele era branca como de uma nobre portuguesa, seu corpo era como de uma indígena... Ela traduzia o Brasil.

Ela podia ouvir os pássaros cantando e o assovio do trem que passava. Ela sentia as cores da natureza, não havia nada que lembrasse o urbanismo da cidade.

Seus cabelos voavam e Clara podia sentir a brisa arder um pouco seus olhos. Ela fechou os olhos por um instante e parecia uma eternidade, o tempo era muito devagar.

Ela não se lembrava mais porque estava naquele bosque e nem de seus problemas, não sabia nada, apenas existia. Clara percebera as cores verdes das folhas, a transparência da água, observava também a cor da grama, dos troncos das arvores, da terra e dos pequenos animais que por algumas vezes passava por ela. Agora havia descoberto que existiam cores, não era tudo cinza como ela sempre havia enxergado.

Clara caminhou por entre as sombras das árvores durante algum tempo, ela olhava tudo a sua volta cuidadosamente, como se tivesse descoberto um novo mundo. Ela já havia assistido a alguns filmes que mostrava a natureza, mas ela não sabia que era tão fascinante.

Ela não queria voltar mais para sua casa, ela gostaria de morar naquele lugar. Não havia problemas, era tudo perfeito. Logo veio a sua mente os assuntos pendentes em sua casa, mas ela os afastara, não queria pensar neles naquele momento, ela não queria pensar em nada.

Algumas crianças chegaram para brincar num pequeno riacho que ela estava próxima. Conversavam entre elas, mas logo começaram a conversar com clara.

As crianças haviam deixado algumas mochilas encostadas nas arvores e entravam na água e brincavam. Clara teve vontade de entrar na água, mas ainda estava com frio. Não entendia como aquelas crianças conseguiam se molhar naquela manhã fria de outono.

- Venha moça! Entre na água!

- Não posso! Estou com frio!

- A água está boa!

- Mas estou com frio – Clara sorriu para aquela garota que insistia que entrasse no riacho.

- Quantos anos você tem? – Perguntou Clara.

- Tenho 10!

- Como se chama?

- Beatriz!

- E você não tem medo de vir até aqui sozinha?

- Eu moro aqui perto! Venho quase todos os dias aqui com meus irmãos.

- Vocês são todos irmãos?

- Não! É que meus primos vieram para ficarem alguns dias em casa. Você gosta de pão caseiro?

- Eu gosto.

Beatriz chamou às outras crianças que se sentaram a alguns metros do riacho, à sombra de uma grande árvore. Estendeu uma toalha vermelha no chão e as crianças começaram a tirar frutas, bolachas, pães, margarina e algumas garrafas com suco e água, tudo sobre a toalha.

- Venha! Sente-se moça! Vamos comer!

- Não estou com fome! Mas agradeço!

- Por favor...

- Mas... Tudo bem!

Clara sentou-se no chão e começou a comer junto das crianças, ela estava com muita fome, mas não queria admitir.

Clara continuava com frio, depois de comer levantou-se um pouco para se aquecer e começou a caminhar pelo sol, se distanciando um pouco das crianças que permaneciam na sombra, ela caminhava a beira do riacho e percebeu que seus pés estavam molhados e o riacho avançava para seus tornozelos, Ela se afastou um pouco, mas foi inútil.

Agora estava noite, Clara continuava com fome e estava deitada em sua cama. A janela do quarto estava aberta, molhando seus pés e ela estava gélida. O vento trazia a chuva para dentro do quarto. Ela não havia se lembrado de fechar a janela. Levantou-se e sem acender a luz foi ver como estava sua mãe, colocou meias nos pés dela e depois a cobriu com mais uma coberta. Fechou a janela e deitou-se novamente.

Voltou a dormir, mas o sonho acabara.

CARIDADE

Clara havia completado seus 11 anos de idade e já se sentia mulher, os adultos diziam que ela já era uma mulher e que deveria agir de acordo.

Mas a verdade era que ninguém gostaria de estar no lugar da garota, que com tão pouca idade já tinha tantas responsabilidades. Seus tios e tias gostavam da menina, "mas não muito". A mãe daquela garota se chamava Regina, era doente e precisava de supervisão constante, então que seja a filha a tomar conta da mãe.

A jovem não se importava com isso cuidava da mãe com prazer, como se fosse uma filha para ela. A mãe fazia um tratamento psiquiátrico e necessitava realmente de cuidados especiais.

As tias muito bondosas ofereceram um emprego para a criança, como forma de ajudá-la, ela deveria trabalhar como empregada doméstica para a tia, em troca de um curso de datilografia, afinal de contas para ser alguém na vida ela precisava saber datilografar, pelo menos era o que diziam sua tia, seu tio e suas primas.

Aquela garota agora tinha uma jornada tripla, cuidar da mãe, estudar datilografia e cuidar da casa da tia. Mas isso não era tudo, ela precisava estudar no colégio, estava na quinta série e ainda precisava cuidar dos afazeres de sua casa.

Com o passar do tempo ela aprendeu a cozinhar muito bem, seus tios eram exigentes, e este aprendizado ela aplicou com muito prazer em sua casa, fazendo delícias para sua mãe, mas isso era quando tinha algum dinheiro, pois todas aquelas comidas eram caras demais para ela comprar.

Seus parentes eram caridosos e algumas vezes doavam alguns alimentos que estavam para vencer, doavam algumas roupas velhas que já estavam furadas, mas o melhor mesmo era os chinelos remendados, já pensou? Os chinelos eram remendados com prego.

Clara gostaria de trabalhar num emprego melhor, numa fábrica, em um mercado ou até mesmo em um escritório, quem sabe.

Mas ela se sentia um pouco incapaz e sua parentela a desestimulava.

- Como você é mal agradecida menina, nós te damos comida, roupas e ainda pagamos um curso para você e agora quer nos deixar? É isso? Você acha que o mundo será bonzinho com você garota? Nós somos sua família! Pode entender isso? Nunca mais fale desse assunto menina ingrata!

- Mas tia...

- Cale a boca! Já conversamos!

- Eu só queria...

- Você vai continuar insistindo? Eu te coloco pra fora agora mesmo! É isso que você quer? Não ter mais ajuda?

- Já entendi.

- Agora vai lavar o quintal!

- Sim Senhora...

A menina queria chorar, mas não podia, ninguém podia vê-la chorando, senão brigariam com ela.

Ela desejava tanto trabalhar numa fábrica, mas ela era muito jovem ainda e provavelmente a maltratariam por ser menina nova, sua tia estava sempre a alertando sobre isso.

Passados alguns meses Clara não aguentava mais tanta humilhação e mesmo contrariada pela família, inclusive pela sua mãe, que não podia entender tamanha rebeldia da menina, ela começou a procurar um serviço às escondidas.

Chegou o momento tão esperado, Clara conseguira arrumar um emprego em um supermercado, não era muita coisa, mas já tinha seu próprio salário e agora tinha mais tempo também para descansar, havia horário paras as tarefas.

Sua tia ficou muito brava e foi reclamar com a mãe de Clara.

- Onde já se viu arrumamos um emprego de doméstica para ela e preferiu trabalhar para os outros que para família.

- Essa menina não tem juízo. – Respondeu a mãe.

- Mas não pense que vou recebê-la novamente em casa, isso foi um desaforo. E quando você estiver em crise, quem vai te ajudar?

- Não sei... E agora?

- Diga para sua filha repensar... Eu posso aceitá-la como doméstica em casa se ela vir me procurar até amanhã, senão procuro outra pessoa para trabalhar para mim, quero ajudar vocês, mas vocês precisam querer ajuda.

- Eu vou falar com a Clara. Pode deixar!

Clara tinha uma amiga que se chamava Sofia, elas sempre trocavam confidencias e sua amiga estava muito contente com a atitude de Clara.

- Clara finalmente você se libertou daquelas pessoas, elas não queriam te ajudar de verdade, elas estavam te explorando.

- Eu saí daquela casa porque me sentia muito humilhada, sempre sendo maltratada, mas realmente ganhava muitas coisas.

- Clara... Eram coisas velhas... Não tinham mais serventia...

- Isso é verdade.

Contudo aconteceu o que Clara mais temia, sua mãe havia entrado em crise e precisaria de uma supervisão em horário integral e ela teria que faltar do serviço para ficar com a mãe. Não havia ninguém que pudesse cuidar dela para que pudesse trabalhar. Assim foi a primeira falta.

Clara não queria desistir no emprego, logo que conseguiu que Sofia olhasse sua mãe por algumas horas foi ao psiquiatra e contou-lhe a situação que se encontrava e este comovido deu-lhe atestado médico por cinco dias e mais uma carta esclarecendo a necessidade de cuidados especiais que a mãe da garota necessitava.

Deu certo, não foi despedida, e dentro de três dias apenas sua mãe melhorou, isso nunca acontecia, ela ficava semanas em crise e Clara estava muito feliz.

Ao término de mais um turno de trabalho Clara foi embora, se encontrou com Sofia e juntas foram para a lanchonete, passaram alguns minutos conversando e fazendo planos sobre o gostariam de ser profissionalmente, quando terminassem os estudos, Sofia queria ser veterinária e Clara professora.

Ao se aproximarem da casa de Clara observaram Dona Regina no portão conversando com a sobrinha.

- Que bom que chegou Clara, precisamos decidir o que faremos. Você sabe que quando entro em crise necessito de uma supervisão constante, certo? E não existe emprego no mundo que aceite suas faltas para ficar comigo. Você precisa entender isso minha filha! Sua prima está aqui e estávamos conversando exatamente sobre isso. Sua tia está lhe ofertando uma última chance de emprego e você precisa decidir agora minha filha... Você escolhe o seu trabalho ou a sua mãe? O que é mais importante?

Dona Regina não queria fazer-lhe esta pergunta, mas foi conduzida pela irmã para que colocasse Clara contra a parede, ela estava segurando as lágrimas para esconder a tristeza.

Clara e Sofia ficaram se olhando por um momento, depois Clara abaixou a cabeça, mexeu nos cabelos e olhou para a sua mãe novamente, sem responder.

SEM SAÍDA

Saía sem saber sua sorte, sem sina, sem sentido, sempre supondo surpresas significantes e sorrateiras... Sentidas... Sofridas. Sabia do sabor sombrio de sua segregação.

Somado ao sentimento semeado a serenidade suave de seus sacrifícios. Será sincero ao simples silenciar? Sabe-se simplesmente que sim.

Sem sol, somente sombras... Soluços somados ao submerso sussurrar.

Simone Silva, sinestesia surpreendente de sentir o sabor ao som suave e sensorial somente seu. Sinônimo de suor... De sangue... De Solidão.

Suas sensações sempre superaram a simples seriedade de seu ser e salutante, sem sandices, salvou-se... Sobreviveu.

Seus sons são semelhantes aos simples sabias e sempre sossegados e serenos.

Sustentou-se, sacudiu-se, surgiu e sobreviveu. Sem saber Simone seguia sorrateira. Significativamente de sua saída a si sugerida: Sorrir.

BEM ME QUER

Regina de Lima estava com seus 30 anos, sentia-se feliz naquele dia. Ela se encontraria com seu namorado Laércio Boaventura Moraes, professor de educação Física, um homem do tipo namoradeiro, gostava mesmo era de não assumir responsabilidades e seus próprios erros. Era jovem e desejava aproveitar o que a vida lhe tinha a oferecer.

Regina por outro lado era uma mulher séria, centrada e responsável. Muito diferente de seu namorado. Era uma mulher muito bonita, seus cabelos eram loiros, seus olhos eram grandes e verdes, seu andar era charmoso e estava sempre bem vestida, para todas as ocasiões.

Laércio tinha os cabelos longos e castanhos, bem-apessoado, sempre cativando as mulheres pelas suas doces palavras.

Realmente beleza e paixão não lhes faltavam, contudo Regina sentia mais que uma simples paixão, ela nutria um sentimento dentro dela que só de pensar no namorado já lhe doía o corpo todo, ela tremia diante daquele homem, ela estava perdendo até mesmo sua própria identidade.

Contudo Laércio estava apenas apaixonado por Regina e paixões simplesmente passam e vão embora como o vento e assim passou.

O namoro durou um ano e dois meses apesar de muitas pessoas tentarem atrapalhar aquele romance, diziam coisas horríveis para Regina a respeito de seu namorado, ela simplesmente ignorava, não podia aceitar e permanecia fiel a seu homem.

- Laércio... Preciso te contar uma coisa.

- O que é querida?

- Estou grávida!

Aquela notícia calou o homem, ele não queria mais se casar com Regina, ele já estava namorando às escondidas a filha de um grande empresário da cidade, Gabriela de Castro Botelho.

- Que bom querida! Fico Feliz! – Tentou disfarçar o desgosto que sentia naquele momento.

- Precisamos apressar o casamento. Você está me enrolando há muito tempo e agora não tem mais jeito, precisamos nos casar.

- Mas querida, acabamos de noivar... Preciso pagar algumas contas... Preparar a festa...

- Sei disso... Mas precisamos nos apressar, você não está me entendendo... estou grávida!

- Tudo bem querida, eu farei o que for possível – Laércio beijou o rosto de Regina e saiu para refrescar a cabeça, ele não podia acreditar no que estava acontecendo. Ele não podia se casar e não desejava ter aquele filho.

Laércio também engravidou Gabriela e o caso não pode ser escondido por muito tempo. Acontece que o pai da moça obrigou que o homem se casasse às pressas com sua filha, para não a envergonhar.

Regina soube pelas conversas da vizinhança, entre uma xícara e outra que seu namorado havia engravidado uma mulher filha de "alguém importante", e agora com algumas evidências ela começou a conhecer de fato quem era seu homem, e como se não bastasse a dor da traição existia o problema do risco dela não se casar com seu grande amor, ela até o perdoaria, desde que prometesse nunca mais arrumar "outras namoradas", e assim era inocência daquela mulher.

Laércio acompanhou quase toda a gestação de Regina, todas as manhãs ele a visitava, dava-lhe um remédio que um médico amigo seu o havia receitado para que pudesse fortalecer a criança, em seguida lhe fazia um chá e eles conversavam sobre o futuro casamento, Regina se preocupava com o outro filho de Laércio, mas ele assegurava que faria visitas a seu outro filho, mas que não deixaria de se casar com Regina.

No sexto mês de gestação Regina perdeu o bebê, ela ficou muito doente e quando procurou o médico, devido aos sangramentos, que estavam acontecendo. Ele realizou alguns exames e depois avisou friamente que precisariam retirar o bebê, que já estava morto.

Diziam as más línguas que Laércio havia dado remédio abortivo para ela, outros diziam que Regina estava sempre amargurada e que esta havia sido a causa do aborto, enquanto que alguns diziam que "essas coisas acontecem". Mas nunca ninguém soube a verdade sobre o que aconteceu.

Laércio agora tinha apenas um filho para se preocupar, o filho de Gabriela e rapidamente casou-se com a moça, deixando Regina em seus mais profundos e amargurados pensamentos. Ele foi feliz por alguns anos com a moça, depois se casou outras duas vezes e por fim separou-se e ficou só.

Regina casou-se com outro homem e teve dois belos filhos, um casal, de causar inveja em outras mães, mas seu marido a abandou e ficou só também por muitos anos.

Regina depois de muitos anos ainda continuou amando Laércio, médicos e psicólogos nunca puderam entender a mente e os sentimentos daquela mulher, como agora com seus setenta e dois anos continuava a se lembrar de um amor tão jovem.

Na velhice Laércio foi procurar novamente sua antiga paixão, ele conseguiu descobrir onde morava Dona Regina e a foi visitar.

- Bom dia! Meu nome é Laércio, um antigo amigo de Dona Regina, ela está?

- Dona Regina está muito doente e não pode atendê-lo, o senhor poderia voltar outro dia?

- Claro! Mas o que ela tem?

- Ela está muito indisposta, com tonturas e fraca...

- Desejo melhoras para ela, o que você é dela?

- Eu sou a filha dela.

- Prazer em conhecê-la. Você é muito bonita, como era sua mãe quando a conheci.

- Obrigada.

- Até mais...

- Até...

Dona Regina soube que o amor de sua vida havia lhe procurado e isso lhe trouxe uma grande felicidade e esperança. "Será que poderia viver os últimos anos de minha vida ao lado de Laércio? ", pensava aquela mulher. Todavia, cada ano, ela foi ficando mais doente e fragilizada.

Laércio nunca mais a procurou, nunca se sabe o que ele queria com Dona Regina, queria recuperar o tempo perdido? Queria trazer falsas esperanças para a mulher? Queria uma última aventura? Nunca será possível saber a verdade.

Quatro anos depois Dona Regina faleceu.

Renatopalmeira.comunidades.net

Blogdorenatopalmeira.wordpress.com

Facebook.com/renatopalmeiraLIVROS